Súplica a la Mar

Súplica a la mar
Khaled Hosseini

Mi querido Marwan:
En los largos veranos de la infancia,
cuando tenía tu edad,
tus tíos y yo
tendíamos nuestros colchones en el tejado
de la granja de tu abuelo,
en las afueras de Homs.

Por las mañanas, al despertarnos,
oíamos el roce de los olivos en la brisa,
los balidos de la cabra de tu abuela,
el tintineo de las ollas,
bajo el aire fresco y el tenue
halo del sol, como un caqui, por el este.

Cuando eras un bebé te llevamos con nosotros.

Conservo la profunda impronta
del recuerdo de tu madre en aquel viaje,
cuando te mostraba un rebaño de vacas que pastaban
en un campo salpicado de flores silvestres.

Ojalá no hubieras sido tan pequeño.
Así no habrías olvidado la granja,
el hollín de las paredes de piedra,
el arroyo en el que tus tíos y yo construimos
mil diques en nuestra infancia.

Ojalá recordaras Homs como la recuerdo yo, Marwan.

En su abarrotada Ciudad Vieja
había una mezquita para nosotros, los musulmanes,
una iglesia para nuestros vecinos cristianos
y un gran zoco en el que todos
regateábamos por unos colgantes de oro,
víveres frescos, vestidos de novia.

Ojalá recordaras las calles atestadas,
con aquel olor a *kibbeh* frito,
y los paseos que dábamos al atardecer
con tu madre
por la plaza de la Torre del Reloj.

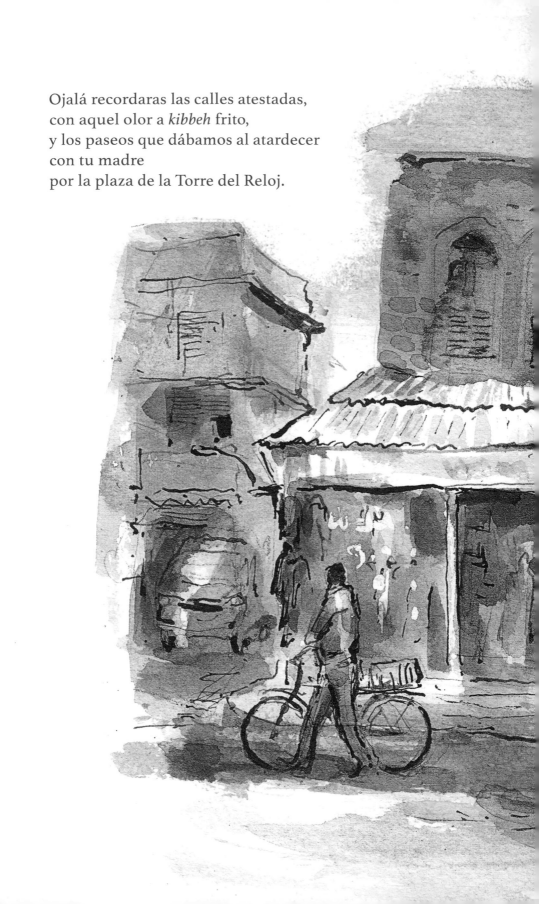

Sin embargo, esa vida, ese tiempo,
da ahora la impresión de haber sido un sueño,
incluso a mí me lo parece,
como un rumor desaparecido tiempo atrás.

Primero llegaron las protestas.
Luego, el asedio.

El cielo escupió bombas.
Hambruna.
Entierros.

Eso es lo que tú conoces.

Tú sabes que uno puede bañarse
en el cráter abierto por una bomba.
Has aprendido que es mejor
cuando la sangre mana oscura
que cuando es de color vivo.

Has aprendido que se puede encontrar a las madres,
a las hermanas, a los compañeros de clase,
a través de estrechos huecos en el cemento,
en los ladrillos, en las vigas expuestas,
pequeñas franjas de piel iluminada por el sol,
brillantes en la oscuridad.

Tu madre está aquí esta noche, Marwan,
con nosotros, en esta playa fría a la luz de la luna,
entre niños que lloran y madres que manifiestan
su preocupación en idiomas que no hablamos.
Afganos, somalíes, iraquíes,
eritreos y sirios.
Todos esperamos impacientes a que salga el sol,
todos lo tememos.
Todos buscamos un hogar.

He oído decir que nadie nos ha invitado.
Que no somos bien recibidos.
Que deberíamos llevarnos nuestra desgracia
    a otra parte.

Pero oigo la voz de tu madre,
por encima de la marea,
y me susurra al oído:
«Ah, pero si vieran, querido...
sólo la mitad de lo que tienes.
Ojalá lo vieran.
Seguro que dirían cosas más amables.»

Veo tu perfil
a la luz de esta luna menguante,
hijo mío, la caligrafía de tus pestañas,
cerradas en un sueño inocente.

Te dije:
«Dame la mano.
Nada malo va a pasar.»

Sólo son palabras.
Trucos de padres.
Pero a tu padre esa fe que tienes en él
está matándolo.
Porque esta noche tan sólo puedo pensar
en la profundidad de la mar,
en su vastedad, en su indiferencia.
Y en lo impotente que me veo para protegerte de ella.

Tan sólo puedo rezar.

Rezar para que Dios se haga con el timón
cuando perdamos de vista la costa
y nos convirtamos en tan poquita cosa
entre las aguas agitadas, cuando la mar nos zarandee
y esté a punto de tragarnos.

Porque tú,
tú eres un cargamento valioso, Marwan,
el más valioso que ha habido.

Rezo para que la mar lo sepa.
Inshallah.

Cómo rezo para que la mar lo sepa.

Súplica a la mar *está inspirada en la historia de Aylan Kurdi, un refugiado sirio de tres años que en septiembre de 2015 se ahogó en el Mediterráneo cuando trataba de llegar a Europa para ponerse a salvo.*

Durante el año siguiente a la muerte de Aylan, 4.176 personas murieron o desaparecieron en esa misma travesía.

Este libro está dedicado a los miles de refugiados que han perecido en el mar cuando huían de la guerra y la persecución.

Traducción del inglés
de Enrique de Hériz

Título original: *Sea Prayer*

Copyright del texto © Sea Prayer by The Khaled Hosseini Foundation, 2018
Copyright de las ilustraciones © Dan Williams, 2018
Publicado por acuerdo con The Khaled Hosseini Foundation y Bloomsbury Publishing Plc.
Copyright de la edición en castellano © Ediciones Salamandra, 2018

Publicaciones y Ediciones Salamandra, S.A.
Almogàvers, 56, 7º 2ª - 08018 Barcelona - Tel. 93 215 11 99
www.salamandra.info

ISBN: 978-84-9838-895-4
Depósito legal: B-15.603-2018

1ª edición, agosto de 2018
Printed in Italy